공감의 공간으로

_____ 초대할게

공책

공감이 가득한 책

공책

공감이 가득한 책

> 『 '나는 특이해' 라고 생각해 오던 것을
>   '나는 특별해' 라고 생각한 후부터
>
>   난 더 이상 특이한 사람이 아니었다
>   이제 난 누구보다 특별한 사람이다   』

오래전부터 유난스러운 감성 때문에 많은 스트레스를 받아 왔고, 그것을 누군가에게 표현해서 이해 받기란 정말 힘든 일이었습니다.
특이하다는 말을 듣는 것에 지쳐만 갔고, 감성을 풀어낼 곳이 없었기에 어느 순간부터 하소연하듯 공책에 그때마다 느끼는 감성들을 하나씩 적어 내려가기 시작했습니다.
그로 인해 어느 정도의 답답함은 해소되었지만 혼자만 이런 생각을 하는 건 아닐까 하는 마음에 갑갑한 마음은 계속되었습니다.
그러다가 용기를 내어 SNS를 통해 혼자 써내려오던

글을 하나 둘 풀어내게 되었습니다. 부족한 글이지만 많은 분들이 공감해 주셔서 공감의 힘을 느끼게 되었고, 유난스럽고 특이하다고 생각했기에 싫었던 이 깊은 감성에 대한 저의 인식은 점점 긍정적으로 변해 가게 되었습니다.

내가 힘들어서 쓰기 시작한 글이 이제는 누군가에게 힘이 되어 주는 글이 되었다는 사실에 가슴 벅찬 설렘과 감사함을 느끼고 있습니다.

특이하기만 했던 사람을 특별한 사람으로 만들어 주신 모든 분들께 다시 한 번 감사의 말씀을 드리며 이 글을 마칩니다.

이곳에서 너를 기다릴게
정승재

공

책

공감¹——
이야기

공감[1]——
이야기

'내가 너에게 해 주고 싶은 이야기'
'내가 나에게 해 주고 싶은 이야기'

짧은 글로 전하는 긴 여운의 공감 이야기

별일 /

지나고 나면
별것도 아닌데

왜 지나기 전엔
별일이 되는지

고민

고민이 계속 늘어나다 보니
고민이 느는 것도 고민이 되더라

사소함

사소하다고 생각하는 것들은
생각보다 사소하지 않다

대부분의 문제는 사소함에서 시작되고
결국 그 문제가 끝을 불러오니까

믿음 /

몇 배 이상 더 노력한다 해도
완전하게 회복되지는 않는다
한 번 깨진 믿음은

평범하다는 것

내겐 왜 이렇게 어려운 걸까
남들이 다 하는 평범한 생활, 평범한 연애,
평범한 모든 것들이

한번더

한 번만
믿어 달라더니

한 번을 더
바보 만들더라

시간 /

시간이 모든 것을 해결해 주지는 않아
해결하기 위해 시간이 필요할 뿐이지

말 /

누군가가 큰 의미 없이 던진
사소한 말 한마디에 좌우된다

오늘 하루
나의 기분은

빛 /

부모님의

빛이 되자
빚이 되지 말고

대답 /

상대방에게 대답이 없다면
오래 기다리지 않는 편이 낫다

대답이 없다는 것은
거절을 대답한 것과 같으니까

참견 /

누군가 나를 걱정해 주는 것은
언제나 고마운 일이다

그게 참견으로
변하기 전까지는

이해 /

조금만 더 이해해 달라는 말은
조금씩 더 멀어지게 만든다
우리 사이를

유일한 사람

내 맘을 아는 유일한 사람이
너인 줄 알았는데

내 맘을 모르는 유일한 사람이
너였더라

불안

참 이상하지
사람들은 행복할수록 불안해 해
마치 행복의 끝을 알기나 하듯이

벗 /

오늘도
하루를 버팀

하루 끝
우리에겐 벗, 힘

비록 /

사소한 하나하나까지
나를 완전하게 이해해 주는 사람이
있었으면 좋겠다는 생각을 하게 될 때가 있다
비록 그게 불가능하다는 걸 알면서도

한 번에

좋은 일은 한 번씩 오면서
나쁜 일은 한 번에 오더라

대우 /

대우받고 싶다면
먼저 우대해 주길

사람들은 받은 만큼
돌려주려 하니까

그런 연애

이젠 마음 졸이며 불안해하는 연애보다는
익숙한 듯 편안한 연애가 더 하고 싶더라

밀고 당기지 않아도 되는
그런 연애

어장 /

난 널 갖고 싶은데
넌 날 갖고 놀더라

한숨도 못 자고
한숨만 늘어

힘든 일

넌 힘들 때 나를 떠올렸지만
난 너를 떠올려서 힘들었어

억울해 /

참는 것도 난데
잡는 것도 나야

우울하다 못해
억울하기까지 해

노력

사랑을 하기 위해 노력은 필요하지만
노력만 해야 하는 사랑은 필요하지 않아

서로 /

서로를 해(害)하려 하지 말고
서로의 마음을 더 헤아려 주길

가까운 사이일수록
더 이해하고 아껴 주길

너를 떠올리면 /

네가 옆에 있을 땐
너의 우는 모습이 나를 아프게 했는데

네가 곁에 없으니
너의 웃는 모습을 떠올리면 아파

사람 마음

사람 마음
참 신기해

너에게 내 진심을 짓밟혔지만
난 아직 네가 눈에 밟히니까

유리멘탈 /

똑 부러진 사람이 되어야겠다고
늘 다짐하지만

난 여전히 살짝만 건드려도
똑 하고 부러질 것만 같아

답답함 /

말하지 않아도
알아주길 바라다가

내가 먼저
앓아눕겠네

비상 /

세상에는
비상한 사람이 참 많은데

내 머리는 왜
항상 비상일까

권태기

권태기가 오는 이유는
네가 편해져서가 아니라
뻔해져서

애매한 태도

애매한 태도의 너
헤매기만 했던 나

기다리다 보면 올 거라 믿었는데
기다리다 보니 울기만 하네

진심

진심은 통할 거라 믿었는데
진심을 토하고만 있었구나

알아주길 바라는 내 잘못일까
알아주지 못하는 네 잘못일까

와해 /

화해하는 것을 미루다 보니
와해되는 것은 순간이더라

자존심을 지키려다가
너를 지키지 못했구나

외로움 /

외롭다고 생각하는 것이
내게 해롭다는 걸 아는데도

외로움은 계속 찾아와서
나를 괴롭히더라

연애

외로워서 연애하는데
연애하니까 더 외롭다

속는 셈 치고 만났는데
정말 속았더라

이별

우리의 진한 기억들이
이젠 지난 기억이 되어 버렸네

이별하면 그만 아플 줄 알았는데
하고 나니 나만 더 아프더라

감정 소비

떠나는 사람 잡지 말고
더 나은 사람 만나

감정 소비하며
시간 낭비 그만하고

나만

민감한 부분을 건드려 놓고
내가 예민한 거라고만 한다

나만 이상한 사람 만들고
나만 특이한 사람 되더라

관계

'내가 좋아하는 것은 너도 좋아하겠지'
'내가 싫어하는 것은 너도 싫어할 거야'

그때부터 시작된다
관계가 멀어지는 것은

들어주는 일

들어주는 일을
피하다 보면

틀어지는 것은
순간이더라

하소연

하소연을 들어주길 바란 것이지
잔소리를 듣고 싶은 것이 아니다

답을 얻고 싶은 게 아니라
답답함을 버리고 싶은 것이니까

척 /

잘하고 있어 보인다 해서
잘 지내고 있는 것은 아니야

괜찮은 척하고 있을 뿐이야
힘들어 보이기는 싫으니까

오해

웃으며 넘겨 버릴 수 있는 일을
넘겨짚어서 오해하지 말자

분노는 한순간이지만
용서는 한참이 필요하니까

한 번만 더

우리 관계를
마무리 짓기 전에

한 번만 더 생각해 줘
너의 마음, 우리

방심 /

'아, 쉬움' 이라는 생각은
아쉬움만 남길 뿐이다

그렇게 방심은 시작된다
쉽다고 안심하는 순간에

갑과 을

갑질에 지친 우리
까칠해져만 가네

을이 되는 건 왜 항상
우리여야만 하나

참을 인忍 /

더 이상 '참을 힘'도 없지만
나는 오늘도 주문을 건다

'참을 인忍'
'참을 인忍'
'참을 인忍'

나의 상태 /

예전엔 어떤 일이 있어도 당당했는데
이제는 무슨 일이 생겨도 담담해져가

단단해져 가는 과정일까
덤덤해져 가는 상태일까

자기만족

자기만족은
중요하다

자기만족은 자기 관리를 만들고
자기 관리는 나를 만드니까

시간의 여유

시간이 나서 하는 게 아니라
시간을 내서 하는 것이다

시간의 여유가 있는 사람은 없다
얼마나 여유 있게 쓰느냐의 문제지

의미 부여

의미심장하게 들렸다
너의 그 한마디

의미 부여하고 싶었다
아니란 걸 알았지만

대화

내가 원하는 건
약간의 진지한 대화

네가 느끼는 건
오늘도 진부한 대화

집착 /

짐작이 심해지면
집착이 되고

침착하지 못한 행동에
남는 건 착잡한 마음뿐

차이 /

차이를 인정하면
사이는 안정되고

다름을 강조하면
다툼은 시작된다

서운함

'바쁘니까 이해해 주겠지' 라는 생각은
서운함만 늘게 할 뿐이다

이해를 바라는 사람도
이해에 지친 사람도

자격지심

남부러울 것 없이 살고 싶었는데
남만 부러워하며 살고 있더라

그렇게 자격지심만 떠안고 살아간다
나를 더 안아 주지는 못 하고

가끔은

가끔은 오래 알던 사람보다
처음 보는 사람과의 대화가 편할 때가 있다
선입견 없이 나를 바라봐 주고
편견 없이 내 말 그대로를 이해해 주고 들어주니까

따뜻한 말

많은 것을 바라지 않았다
대단한 것을 원한 적도 없었다

그저 듣고 싶었을 뿐이다
따뜻한 말 한마디

괜찮은 사람

누군가에게
기억됐으면

귀찮았던 사람이 아닌
괜찮았던 사람으로

너의 곁에 /

이젠
머물고 싶다

너의 겉이 아닌
곁에서 오래도록

진실된 마음 /

솔깃한 남의 말을 듣지 말고
솔직한 너의 맘을 표현해

진실된 마음은
진심으로 통할 테니까

인연이라 생각되면

그 사람이 인연이라고 생각되면
다른 사람 말에 연연하지 말아요

그래야 시련이 찾아온다 해도
미련은 남지 않을 테니

헤어짐

헤어짐이 이렇게 힘든 거였으면
한 번 더 믿어 달라는 너의 거짓말에
한 번만 더 속아 볼 걸

비밀

비밀을 말해 준다는 것은
빌미를 제공해 주는 것이더라
나를 깎아내리기에 충분한

상처 /

남에게 소심하다고 말하기 전에
내가 어떤 말을 했는지 생각해 보자

나에게는 아무렇지 않은 말도
누군가에게는 상처가 될 수 있으니까

오해와 이해

오해가 깊어지면
상처가 되고

이해가 길어지면
포기가 된다

미안해요 /

위로를 해 주고 싶은데
내가 괜찮지 않아서요

힘내라고 말해 주고 싶은데
내가 힘이 안 나서요

위로

힘내라는 말을 해 주는 사람보다
같이 힘들어해 주는 사람이 좋다

지금 나에겐 어떤 위로도
위로가 되지 않으니까

공감^2——
이야기

쌓인 고민을 남몰래 공책에 적어 두듯
어쩌면 혼자만 간직하고 있던
내 속마음과 같은

우리가 일상생활에서 느끼는
수많은 공감 이야기

공감이 가득한 책, 공책

내일

생각해 주는 마음은 알겠지만
내 일은 내가 알아서 할게요

결심도 내가 하고
결정도 내가 하니까요

의지 /

의지를 가질 수 있게
조금만 의지할게요

혼자 이겨 내기에는
조금 벅차서요

신경 /

때로는 신경을 써 주려던 일이
신경을 건드리는 일이 되어 버린다

단지 힘을 보태고 싶었던 것인데
그저 짐을 덜어 주려 했을 뿐인데

회상 /

너와 갔던 곳들을 지날 때마다
널 떠올리게 돼

그 기억은 항상
날 더 울리고

희망고문 /

희망 있는 것처럼 행동하며
희망고문하지 마

착각한 나도 잘못이지만
착각하게 한 너도 잘못 있어

고충 /

고충을 털어놓는 이유는
충고를 듣고 싶어서가 아니라
단지 하소연을 들어줄 사람이 필요해서

모르는 척

모르는 게 아니야
모르는 척하고 있는 거지

소심해서 말하지 못하는 게 아니라
우리를 지키고 싶은 내 노력인 거야

혼자 /

가끔 혼자 있고 싶은 거지
계속 혼자이고 싶은 게 아냐

혼자인 걸 즐기는 게 아니라
혼자인 게 익숙해졌을 뿐이야

그리움 /

너의 마음은 이미 닫혔지만
나의 마음은 아직 갇혀 있어

아직도, 아른거리는 너의 모습
그리운, 아름다웠던 우리 추억

국책
공감이 가득한
책

행운은 찾아간다

극적인 운만 바라는 사람보다는
적극적으로 찾아가는 사람에게

정 승 제

너에게

고맙다는 말을 전해 주고 싶어
웃지 못할 기억이 되어 버렸지만
잊지 못할 추억을 만들어 준 너에게

변하기 전으로

나에게만큼은 다정했던 너인데
나에 대한 마음을 다 정한 듯해

돌아갈 수 없을까
우리가 변하기 전으로

많이 /

참 많이 아프더라
더없이 사랑했던 네가
나 없이도 잘 지내 보일 때

거짓말

'이번엔 진짜 끝이야'
'다시 만날 일은 절대 없어'

헤어진 직후
가장 많이 하는 거짓말

착각 /

헤어지고 나서의 공허함을
그 사람에 대한 그리움이라 착각하지 말 것

순간의 허전함을 채우기 위해
같은 실수를 반복하지 말 것

연락 /

연락이 늦게 오는 이유는
바빠서가 아니라
관심이 없어서

짝 /

헤어지는 연인을 보면
안타깝기 짝이 없지만

나는 그냥
짝이 없다

너 같은 사람 /

그때는 너만 한 사람이
다신 나타나지 않을 것 같았는데

이제는 너 같은 사람만
다신 안 나타나길 바라고 있더라

잘 먹고 잘 살아라 /

헤어지고 보니
너 같은 사람은 없더라
너보다 좋은 사람만 있지

너 /

사랑을 속삭이던
너는 어디 가고

나를 속 썩이는
너만 남았네

호구 /

너는 귀한 사람이고
나만 기이한 사람 만들어

오구오구 하다 보니
내가 호구인 줄 아나 봐

변화

너를 변화시키지 않고
내가 변하려고 노력했어

근데 너도 변해 가더라
바라는 게 점점 늘어나

크리스마스 /

오늘은 정말 특별한 날이다
특별히 할 게 없는 날이기 때문이다

그립다 /

네가 그리운 건지
너와의 추억이 그리운 건지

그냥 다
그립다

네 생각

네 생각이 더해져 갈수록
내 마음은 더해져만 갈 뿐인데

너에게서 헤어 나올 수가 없어
헤어진 그 순간부터 지금까지도

결국 /

이해하기로 했다
헤어질 자신이 없어서

하지만 결국 이별을 선택한다
더 만날 자신이 없어서

좋은 사람인 척

마지막을 말하며
마지못해 하는 척하지 마

이미 마음 다 떠났으면서
끝까지 좋은 사람인 척 그만해

같은 이유로

다시는 똑같은 실수를 하지 않겠다는 말에
한 번을 더 믿어 보지만

결국은 또 같은 이유로
이별하게 되더라

사랑이 모든 걸

마음을 다치다 보니
마음이 닫혀 버렸네

사랑이 모든 걸 가져다줄 거라 믿었는데
사랑이 모든 걸 가져가 버렸어

그리워 /

그때 널 만나서
지금 이렇게 아프지만

그때 널 만나지 않았다면
이렇게 좋았던 기억도 없었겠지

한잔 /

한참을 이겨 냈는데
한 잔에 무너지네

인연 /

'짠' 하고 나타나기만 바라고 있는
내가 참 짠해

돌 /

너에게 맘껏
들이대고 싶은데

네 앞에만 서면
난 항상 돌이 돼

언제나 /

나를 위해
무엇이든 해 주겠다는 사람보다는

언제나
나를 위해 줄 수 있는 사람이 있었으면

사랑 /

나는 네가 첫사랑이야
너와 처음 하는 사랑이잖아

너는 나의 짝사랑이야
나의 짝이 된 사랑이잖아

사랑은 /

사랑은
서로를 길들이는 것이 아닌
서로에게 물들어 가는 것

예쁜 색으로 물들여 보세요
당신의 사랑을, 사람을

기대

너를 떠올리다 보면
나에게 더 오려나

기대해도 될까
너에게 기댈 수 있는 날을

짝꿍

짝짜꿍이 잘 맞는
너와 나

이제 짝꿍 할까
우리

행운

행운은 찾아간다
극적인 운만 바라는 사람보다는
적극적으로 찾아가는 사람에게

자신을 무너뜨리는 일

우리가 행복하지 않다고 생각하는 가장 큰 이유는
주변을 의식하며 나와 남을 비교하고
주위의 모든 것들에 필요 이상의
관심을 두기 때문이 아닐까

신뢰 /

신뢰를 얻기 위해
크게 집착하지는 말아요

과한 집착은 오히려
실례가 될 수 있으니

연습

연습이
필요해

흘러가는 대로 사는 법도
흘려버릴 줄을 아는 법도

약해 보일까 봐

'안아 줘' 라는 말은 숨겨 놓고
'안 아파' 라는 말만 뱉어 낸다

약해 보일까 봐 참아 내기만 한다
그게 나를 더 약하게 만드는 것인 줄도 모르고

잘하고 있어

'조금만 더 힘내' 라는 말보다
'지금도 잘하고 있어' 라는 말이

필요한
요즘

조언 /

무언가를 결정해야 할 때
조언을 듣지 않는 편이 나을 때가 있다

때로는 조언이 나의 판단을 흐리게 하고
어렵게 찾아온 좋은 기회조차 날려 버리니까

기준

나의 기준을
남에게 강요하지 말자

모두 자기만의 기준을
가지고 살아가니까

미련 /

미련이 남는 이유는
후련하지 못했던 결과 때문이 아니라

미련했던 내 행동에
후회가 남아서

하고 싶다 /

혹시나 하는 마음에
역시나 아닌 걸 알면서도

하고 싶다
착각

마음 /

마음을 열고 싶지 않은 게 아니라
마음을 열고 싶은 사람이 없는 것이다

기댈 사람이 없는 게 아니라
기대고 싶은 사람이 없는 것처럼

몰래

알아주길 바라며
한 일은 아닐지라도

몰래 했다고 해서
몰라주길 바라진 않아

꿈

영화 같은 삶을 꿈꾸는 것이지
부귀영화를 꿈꾸는 것은 아니야

꿈이 가득한 삶을 살고 싶은 거야
꿈만 가득한 삶이 아니라

숨겨진 의미

'시간이 나면 보자' 는 말은
'시간이 있어도 볼 일 없다' 는 말

'조만간 보자' 는 말은
'언젠간 보겠지' 라는 말

진실 /

진실이 뭐든 중요하지 않더라
사람들은 자기가 믿고 싶은 대로
다른 사람들을 판단하니까

어려운 일

마음이 시키는 일
마음을 식히는 일

내겐 둘 다 어려운 일

원망

날 좋아하지 않는 너를 원망하지 않아
널 좋아하게 된 내가 원망스러울 뿐

걱정 /

너를 점점 더 좋아하게 될수록
걱정이 되곤 해

이 행복이 언젠가 끝이 나지 않을까 하는
괜한 두려움 때문에

소심

우리 너무 많이는
소심해지지 말아요
수심만 가득해지니까

친절 /

절친한 사이일수록
친절을 더 베풀 수 있길

가까운 관계일수록 더 많은 것들을 이해해 주지만
서운함을 느끼는 크기 또한 그만큼 더 크니까

겁

누군가를 다시 만난다는 게 겁이 나서
마음의 문을 닫은 채로 계속 밀어내기만 했다
또다시 상처를 받게 될까 봐
다시 아프게 될까 봐 두려워서

그런 요즘

매일 너무 힘들어서
쉬고 싶은 마음이 간절한 요즘이지만

잠시 쉬는 것조차 불안해서
계속 버티고만 있는 그런 하루하루

내려놓는다는 것 /

힘들면 내려놓으란 말은
나에게 큰 위로가 되지 않는다

사실 내려놓는다는 것이
내겐 가장 어려운 일이니까

느낌 /

'이 사람을 좋아하는구나' 하고
느끼는 순간은

평소에는 거들떠도 안 본 것들인데
함께 할 생각에 들떠 있다는 것을 느낄 때

꽃

너 제발 꼴값하지 말고
꽃 값해 이 예쁜 사람아

ㅠㅠ /

인연을 찾고 있나요
인연은 멀리 있지 않아요

없어요
그런 거

밀당 /

우리가 살면서 가장 못 보는 단어는
'미시오, 당기시오'
그래서 내가 밀당을 못 하는가 보다

만남의 시간

만남의 시간은
이별의 아픔과 비례하지 않다

짧은 만남에도
잊혀지지 않는 사람이 있으니까

연애의 끝에

처음엔
너 아니면 안 될 것 같았는데

이젠
너만 아니면 될 것 같아

바라는 것만

처음에는
바라만 봐도 좋다더니

지금은
바라는 것만 너무 많아

계산

만나기 전에는
계산 없이 사랑하자고 하더라

만나고 나니
계산하는 모습을 안 보여 주더라

숙취 /

스트레스를
날려 버리려고 했는데

지금은
머리를 날려 버리고 싶어

포기 /

포기해야 할 이유가 생긴 걸까
포기할 이유를 만들고 있는 걸까

위로──
이야기

늘 응원할게

오늘 하루 좋은 일이 가득할 수 있도록
매 순간 즐거운 일로 웃음이 끊이지 않도록
하루 끝에 아무 걱정 없이 잠들 수 있도록

시작 /

무언가를 시작하려고 할 때는
항상 걱정이 먼저 시작되지만

기억해요
처음은 어려워도
다음은 어렵지 않다는 것을

숨 고르기

더 높이 오르기 위해서는
약간의 숨 고르기가 필요해

모든 일은 쉬지 않고 하는 것보다
식지 않고 하는 게 더 중요하니까

씩씩하게

이왕 해야 할 일이라면
해 보자

씩씩거리며 하기보다는
씩씩하고 자신 있게

작정 /

무작정 피하기만 하지 말고
때로는 작정하고 부딪쳐 보자

안 될 일도
될 수 있게

잘할 거야

뜻하지 않았던 뜻밖의 일들이 생겨
일이 뜻대로 풀리지 않을 때도 있지만

너무 걱정하지는 마
지금까지 잘 이겨 왔고 앞으로도 그럴 테니까

해야 할 일

지나간 과오는 잊고
앞으로의 각오를 단단히

과거에 얽매이지 않으며
가고 싶은 내일을 만들기

자신 있게

다가가는 사람만이
다가오는 기회를 잡을 수 있어

그러니 더 자신 있게 해 보는 거야
다가올 좋은 날을 기대하며

내일의 해

주저앉지 말고
주저하지 않으며

내 일을 계속해 나가면
나에게도 곧 해가 뜰 거야

서두르지 않기 /

처음엔 서투른 게 당연해
그러니 서두르지는 마

우린 언제나 처음이었어
결국은 전부 이겨 냈잖아

의식 /

의식을 가지고 살되
의식하고 살지는 않았으면

지금부터

전보다 더 노력하면
전부 다 나아질 수 있어

지금까지의 실수는 중요하지 않아
지금부터 다시 시작하면 돼

능가 /

항상 식상한 생각보다는
가끔은 상식을 깨 보기를

가능에서 끝나지 않고
능가할 수 있도록

끊임없이

큰 힘없이는
성공하기 힘들지만

끊임없이 하면
성공에 가까워질 수 있다

무너지지만 말자

무너지지만 말자
곧 무녀질 테니까

묻어 둘 수 있는 힘을 기르자
언제든 다시 일어설 수 있게

소신 있게

소심하게
눈치 보지 말고

소신 있고
눈치 있게

털어놓아요

다 힘들고, 다 참는다고
나까지 그럴 필요는 없어요

힘들면 털어놓아요
짐을 덜어 낼 수 있게

좋은 생각

웃음 지어 봐요
아픔이 지워질 수 있도록

기분 좋은 일을 떠올려 봐요
좋은 기운이 가득할 수 있도록

갈림길 /

갈림길에 섰을 때 중요한 것은
어느 쪽을 선택하느냐가 아니라

선택 후에
얼마나 최선을 다하느냐이다

차분히 /

모두 다 잡겠다는 생각은 잠시 내려놓고
차분히 마음을 먼저 다잡아 보세요

한결 마음이 편해지면
그때 우리 다시 시작해요

전략 /

전략을 세워야
절약할 수 있다

시간도
감정 소모도

후회

후後에 해야겠다고 마음먹는 것은
후회하기로 마음먹은 것과 같다

생각했을 때 시작하자
시작이 늦어질수록 후회는 늘어 가니까

괜찮아

일어서려고 애쓰지 않아도 돼
버텨 보려고 기 쓰지 않아도 돼

항상 이겨 내야 할 필요는 없어
가끔은 무너져도 괜찮아

괜찮아요

이해하지 못해도 괜찮아요
말뿐인 위로도 괜찮아요

그냥 괜찮다고 말해 줘요
내가 괜찮아질 수 있게

누릴 날

느리다고 생각하지 마
누릴 날이 올 거야

뒤돌아 나가지 말고
앞으로 나아가면 돼

넘어서자 /

부딪혀서
넘어지지 말고

부딪쳐서
넘어서자

해답 /

세상이 정답을 원한다고 해서
정답처럼 살 필요는 없어요

나만의 해답을 찾아요
정답만이 답은 아니니까

깊이 /

깊이 있는 사람이 되자
기피하는 사람이 되지 말고

온전한 삶

완전한 삶을 살기는 힘들어도
온전한 삶을 살 수는 있잖아요

완벽함에 집착하지 말아요
마음의 벽만 높아질 뿐이니까

한 것 차이

성공과
실패는

'한 끗 차이'가 아니라
'한 것 차이'

차근차근 /

일이 잘 풀리지 않는다 해서
웃지 못할 이유는 없어요

웃으며 긴장부터 풀어요
차근차근 풀어 가면 되니까요

좋은 사람

당신을 낮추려 하는 사람 말고
당신에게 맞춰 주려 하는 사람을 만나요
힘들게 관계를 이어 나갈 필요는 없어요
세상에 좋은 사람은 심각할 정도로 많으니까

난 강하다 /

어려운 일을 겪었을 때
이겨 낼 수 있는 방법은

'난감하다'는 생각을 버리고
'난 강하다'는 생각을 갖는 것

틈 /

빈틈없이 하려다 보니
쉴 틈이 없는 거예요

나에게 작은 틈을 주세요
숨통이 트일 수 있게

눈물 /

운다고 해결되진 않지만
울고 나면 해결할 힘이 생겨

그러니 눈물이 나오면 울어도 돼
그러고 나서 다시 이겨 내면 돼

끝까지

힘들여서 해 놓고
힘들다고 포기하지 마

그까짓 두려움은 떨쳐 내고
끝까지 해 보는 거야

더

남에게 떠밀려서 하지 말고
내가 더 밀어서 해 보는 거야

더는 끌려다니지 않고
이끌어 갈 수 있도록

조금씩

난항을 겪고 있다면
방황을 멀리하고

방향부터 잡고 차근히 나아가면 돼
너무 급하지는 않게 차분히 조금씩

마음가짐

일이 잘 풀리지 않는다면
생각해 보자

다짐했을 때의
마음가짐을

다부지게

다 부질없다는 생각을 하며
그만두려 하지 말고

더 부지런히 노력해서
다부지게 이겨 내 보자

한 발씩

지금은 더디고 힘이 들겠지만
한 발씩 더 딛고 나아가다 보면

분명 기다리고 있을 거야
내가 원하던 것들이

조금만 내려놓자 우리

너무 힘들어서 다 놔 버리고
떠나 버리고 싶을 때 있잖아

그럴 땐 그렇게 해
가끔은 그래도 괜찮아

서서히 /

조금 느려도 괜찮아
조금씩 늘려 나가면 되니까

천천히 나아가면 돼
서서히 나아질 수 있도록

그렇게

기대에 못 미칠까 봐 걱정하지 말고
그 일에 먼저 미쳐 보자

내 힘이 미칠 수 있는 곳까지
온 힘을 다해

꽃길

갈 길이 멀다는 생각에
발길이 떨어지지 않겠지만

자신을 믿고 계속 나아가다 보면
분명 꽃길이 열릴 거야 너에게도

행복 /

지나치게 걱정하다가
찾아온 행복을 지나치지 않길

무기력

무기력
무기, 력力

'나는 무기력해' 가 아닌
'내 무기는 힘' 이란 생각을

대담하게 /

너무 망설이지 말자
괜히 맘 졸이지 말고

조금만 더 대담해지자
조금씩 더 단단해지게

나약 /

나를 나약하게 만드는 것은
'나 약해' 라는 생각

잘해 왔잖아
앞으로도 그럴 거야

올해에는 /

올해는 잘될 거예요
오래 기다렸잖아요

준비됐나요
웃을 준비

속 편하게

속 편하게 살아
속병 앓지 말고

복잡하게 생각할수록
나만 더 괴로워질 뿐이야

중간 /

중간만 가라는 말이
중요해진 요즘이지만

어설프게 하다가
어중간해지는 말자

결과 /

결과에 따라서
여러 감정이 오가겠지만

결과를 떠나서
웃음만은 잃지 않길

한 걸음

한 걸음 뒤에서
묵묵히 응원해 주는 일

내가 한 걸음 더 나아갈 수 있는
큰 힘이 되는 일

따스하게

잘 좀 하라는 따가운 시선 대신
잘하고 있다는 따스한 눈길을 주세요

소중한 사람에게
큰 힘이 되어 줄 수 있도록

힘이 되어 주는 일

한껏 칭찬해 주는 일
힘껏 안아 주는 일

엄청난 힘을 가진
어렵지 않은 일

벅찬 하루

버티기만 바쁜 벅찬 하루가 아닌
가슴 벅찬 일이 가득한 하루이길

기회 /

남과 조금 다르다고 걱정할 필요는 없어
다르다는 것은 남다를 수 있는 기회를 가진 거니까
그러니 네가 가고 있는 길을 의심하지 말고
계속 도전해 봐
특별한 네가 더욱 특별한 사람이 될 수 있도록

준비 /

항상 철저하게 준비하는 것이 중요하다
나중에 처절해지지 않기 위해서는

영향

누군가에게
영향을 주는 사람이 되자

누구에게나
영향 받는 사람이 되지 말고

꼭 /

순간순간을 후회 없이 살다 보면
어느 순간 자연스레 찾아올 거야

내가 원하던 것들이
내가 꿈꾸던 날들이

공책
공감이 가득한 책

초판 1쇄 인쇄 2018년 04월 20일
초판 1쇄 발행 2018년 04월 25일

지은이 정승재
펴낸이 안종남

펴낸 곳 지식인하우스
출판등록 2011년 3월 31일 제 2011-000058호
주소 121-904 서울시 마포구 월드컵북로400(상암동) 문화콘텐츠센터 5층 5호
전화 02) 6082-1070
팩스 02) 6082-1035
전자우편 jsinbook@naver.com
블로그 blog.naver.com/jsinbook

ISBN 979-11-85959-55-9 03810